いつも会う人

新井けいこ／作
Lico／絵

もくじ

エレベーターの怪《かい》……5
友だちの手……27
あっちむいてホラー……49
夏の終わり……71

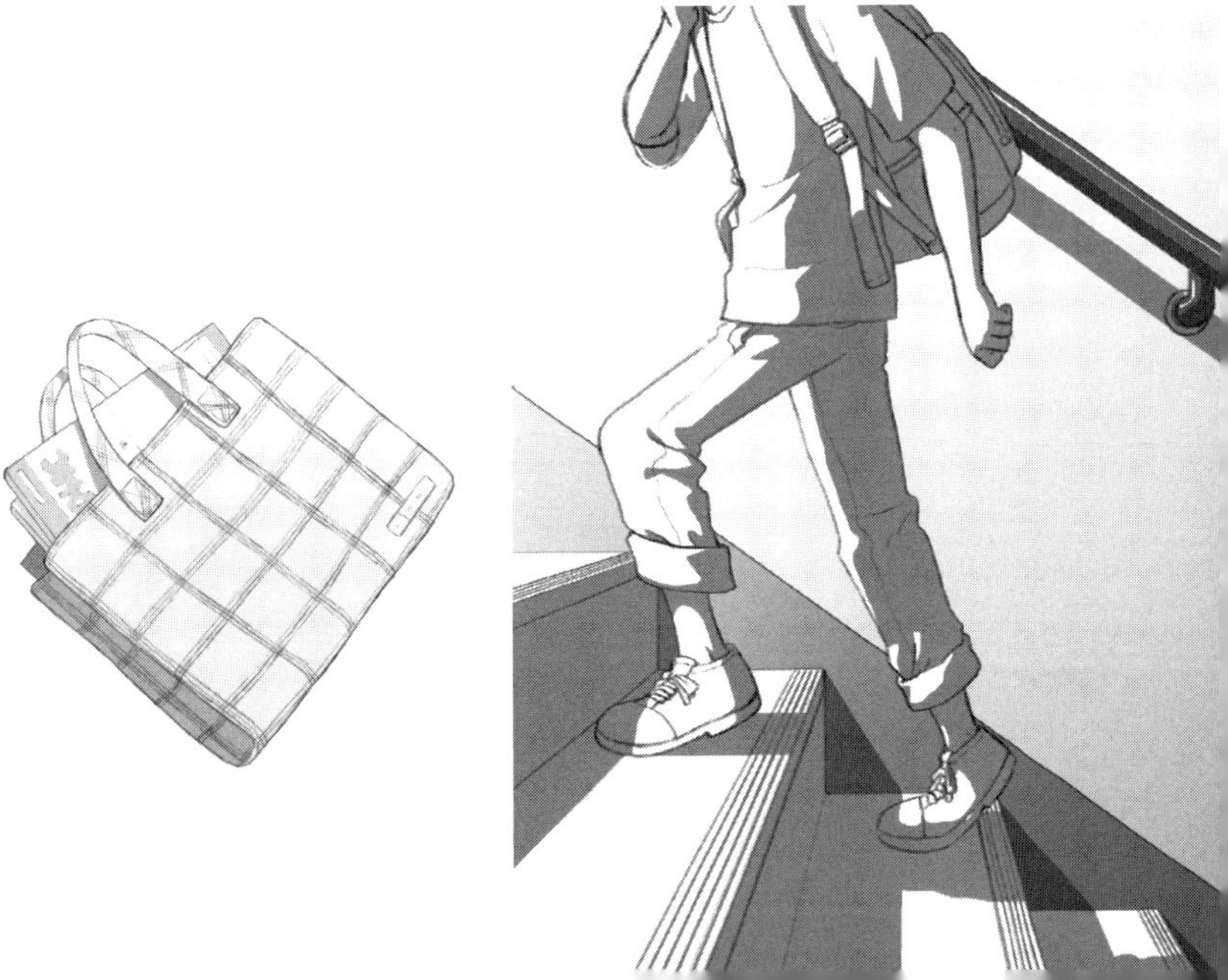

いつも会う人……99
生き物がかり……121

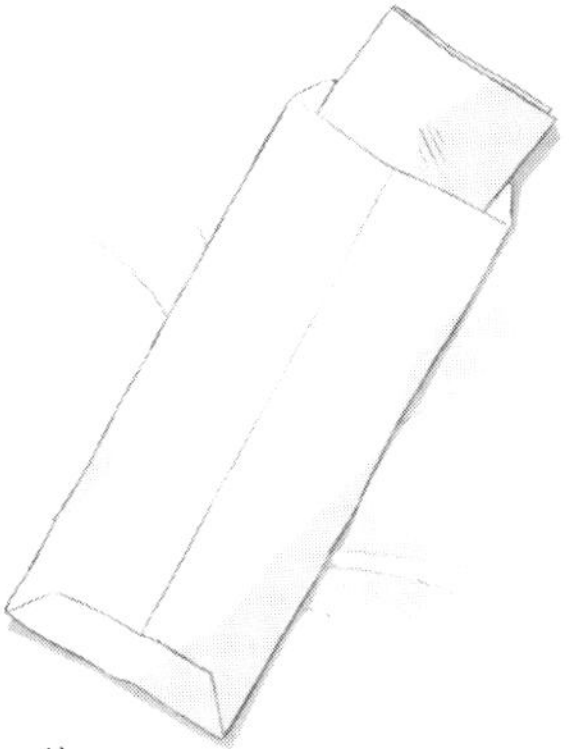

装丁　野村義彦（LILAC）

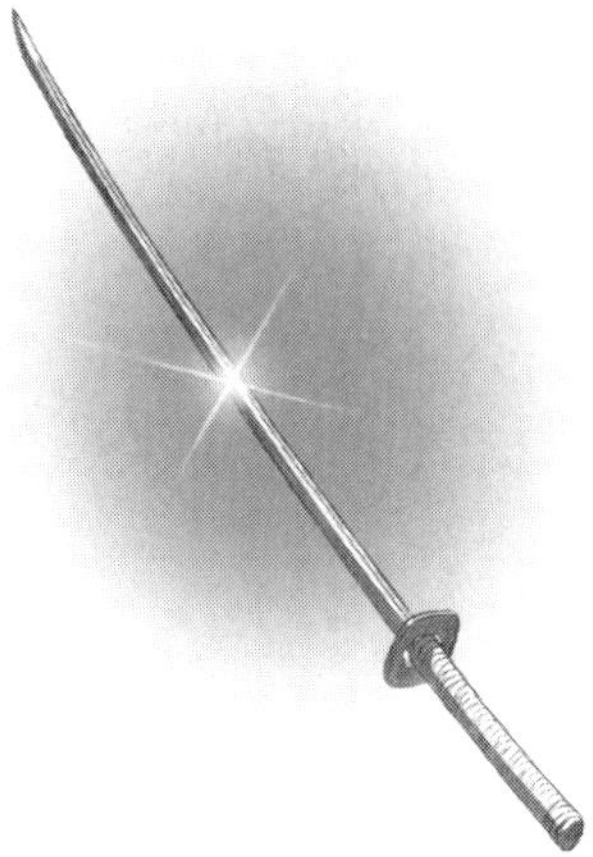

グレー　白でも黒でもない中間色
はっきりしないびみょうな状態《じょうたい》

人間なのか　妖怪《ようかい》なのか
事故《じこ》だったのか　わざとだったのか
本当の姿《すがた》は――

ようこそ　グレーの世界へ

エレベーターの怪《かい》

ガンッ！

大きな音とともに、足元から突《つ》きあげるような振動《しんどう》が、大和《やまと》の全身をつらぬいた。

その直後、時が止まったような静《しず》けさに包《つつ》まれた。

いや、時は止まらない。

止まったのはエレベーターだ。

閉《と》じこめられてしまった!?

灰島《はいじま》セミナーは、不動産会社や法律事務所《ほうりつじむしょ》などが入るビルの、最《さい》

上階《じょうかい》にある学習塾《がくしゅうじゅく》で、大和《やまと》の小学校の子も多くかよっている。五年三組の修太《しゅうた》や颯真《そうま》も一緒《いっしょ》だ。

ふたりとも家が近く、幼稚《ようち》園《えん》のころからの仲良《なかよ》しだ。

人なつっこい修太はよく、大和の肩《かた》に腕《うで》をまわしてくる。遊びの約束《やくそく》だったり、アニメの続《つづ》きのことだったり、たわいのない話でも、ガシッと肩を組まれると、すごく親《しん》密《みつ》な気がして、うれしくなる。

サッカークラブのエース、颯真《そうま》も加《くわ》わって、学校でも塾《じゅく》でも、始《し》終一緒《じゅういっしょ》にいても、楽しい友だちだ。

三人の中では、大和《やまと》が一番成績《せいせき》がいい。

大和は塾に貼《は》りだされる、成績順位表《じゅんいひょう》の上位に、名をつらねる常《じょう》連《れん》だ。

今日は、先週受けた模試《もし》の結果《けっか》が出る日だ。

重いリュックをしょって、一段《だん》一段が高くてせまい階段《かいだん》を、六階までがあがる。塾生がエレベーターに乗ると、ほかの階の会社の人やお客さんの迷惑《めいわく》になるからと、先生に言われているので、面倒《めんどう》でも階段《かいだん》を使わなければならない。

塾《じゅく》に入ると、すぐにカウンターの横の壁《かべ》を見た。

大きく貼《は》りだされた順位表《じゅんいひょう》には、人だかりができていた。

大和《やまと》、修太《しゅうた》、颯真《そうま》もみんなのうしろからのぞきこむ。

すぐ前にいたなぎさがふり返り、大和を見てにやっと笑《わら》った。

学校でも同じクラスのなぎさは、目立ちたがり屋で、いろいろとおせっかいを焼《や》く、大和の苦手《にがて》なタイプだ。

「大和《やまと》、三番なんて、すごいじゃん」

「さすが、大和」

修太《しゅうた》と颯真《そうま》はそう言いながら、ずっと下のほうにある自分たちの順位《じゅんい》を確《たし》かめて、「うへえ」と声をあげた。

「また、なぎさが一番か。すごいな」

「頭いいな、なぎさって」

どこからともなく、そんな声が届《とど》いてきて、もやっとする。

自分以外《いがい》のだれかが、「頭いい」などと言われるのは、おもしろくない。「頭いい」は大和に向けられた言葉でなければ許《ゆる》せない。

「大和くん、残念《ざんねん》だったね」

今にも吹《ふ》きだしそうな顔で、なぎさは言った。

以前《いぜん》は、なぎさの名前は、大和《やまと》よりずっと下にあったのに、このごろは、上にいることのほうが多い。

「サッカーの試合《しあい》があって、全然《ぜんぜん》勉強できなかったからさ。なぎさはめっちゃ勉強したんだろ」

むっとした顔で、なぎさは大和に背《せ》を向けてはなれた。


算数の授業《じゅぎょう》が終わった。次の国語が終わると、夕飯《ゆうはん》のお弁当《べんとう》を食べて、社会の授業になる。今日の夜も長い。

塾《じゅく》は週三回あって、土日は、どっちかにテストが入ることが多い。

中学受験《じゅけん》を目指す大和《やまと》たちには、家にいる時間より塾《じゅく》にいる時間のほうが長いくらいだ。

今は六月なので、再来年《さらいねん》の二月の受験まで一年半以上《いじょう》も、この生活を続《つづ》けなければならない。先はまだまだ長い。

休けい時間になるとともに、大和はトイレにダッシュした。

ついでに、ほかの階で止まっているエレベーターのボタンを押《お》した。ちょうどトイレから出たタイミングで、乗れるかもしれない。

さっき、うっかりして水筒《すいとう》を忘《わす》れたことに気がついた。のどもかわいたので、一階の自販機《じはんき》に、ペットボトルを買いに行かなければならない。

トイレから出ると、大和《やまと》を待っていたかのように、ぴったりのタイミングでエレベーターのドアが開いた。

さっと乗って、【閉】のボタンを連打《れんだ》した。

エレベーターを使ったことを、だれかに見られるのはマズい。

ドアは、ゆっくり閉《し》まり、

ガンッ！

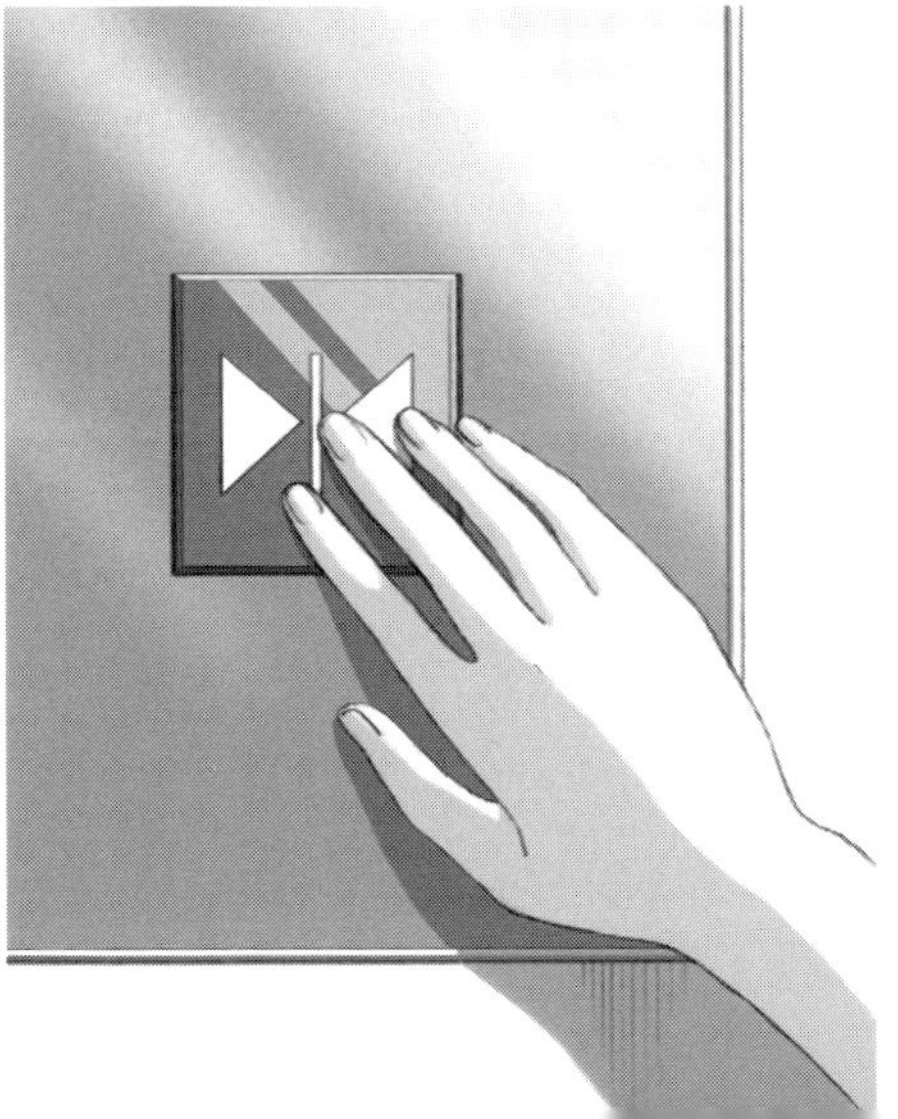

と音を立てて止まった。

シンと静《しず》まり返った。

ドアの上に並《なら》んでいる階数表示《ひょうじ》のランプも、大和《やまと》が押《お》した一階のランプも消えている。

いやな予感はあった。いつもなら、ドアはあんなにゆっくり閉《し》まらない。故障気味《こしょうぎみ》だったのなら、大和が乗る前に拒《こば》んでくれればよかったのに。

けれど、幸い、電気はついている。真っ暗な中、閉《と》じこめられたらこわいけど、明るいというだけでまったくこわさはない。

階数表示《ひょうじ》のボタンの上に、監視《かんし》センターにつながる非常《ひじょう》ボタンがあった。こんなところを押《お》すのは初《はじ》めてだ。

「どうしましたか？」

スピーカーから、すぐに返事が来た。

「エレベーターが止まりました」

「では、すぐに向かいます」

同じビルの中にいるのかも。ほっとして、うしろの壁《かべ》に背中《せなか》をつけた。

「なんか変《へん》な音がしたぞ！」

「エレベーターから聞こえてきたよ」

「ランプが消えてる！　下の階のどこかで止まってるのかも」

ドアの向こうが、ざわざわとさわぎだした。

「先生、たいへんです。エレベーターが止まっています」

なぎさの大声がひびく。

みんな、エレベーターは下の階に行ったと思っているようだ。ドアのすぐ向こうに、大和《やまと》がいるというのに。

「中から、『キャー』って、さけび声が聞こえたよ」

「うちは『助けてー』って、聞こえた」

でたらめなことを言いだす女子たちに、笑《わら》いをこらえた。

だれがさけんだ？　だれが、「助けてー」なんて言った？

伝言《でんごん》ゲームでは、途中《とちゅう》でつくり話が入ったり、ちがう話に変《か》わってしまったりすることがあるが、エレベーターが止まったという非《ひ》常事態《じょうじたい》に、無意識《むいしき》のうちに悲鳴が聞こえたような気がしたのかもしれない。イメージの刷《す》りこみとでもいうのか。

「だれか乗ってたのかな？」

先生の声に返事をしそうになったものの、今、名乗り出たら、エレベーターに乗ったことがばれてしまう。あとでわかることとはいえ、今はおこられたくない。

「先生、大和《やまと》くんがいません」

だまっていたのに、なぎさに気づかれてしまった。

「なんだ、大和《やまと》か」

修太《しゅうた》のはき捨《す》てるような声が、ドアの向こうでひびいた。

バケツの水をかけられたように、ヒヤッとした。

「大和って、だれも見てないとき、こっそりエレベーター使ってるもんな。セコイよな」

この声は、颯真《そうま》。

大和の背中《せなか》が、もたれかかっていた壁《かべ》からすっとはなれた。

「監視《かんし》センターに連絡《れんらく》してくるから」

先生の声が遠ざかる。

「さっき大和、トイレに行く前に、エレベーターのボタン押《お》してたんだぞ。だれにも気づかれないと思ってさ。バカなやつ」

修太《しゅうた》の言葉に呼吸《こきゅう》が荒《あら》くなる。ごくりとつばをのみこんだ。

「成績《せいせき》はいいけど、バカはバカだよな」

「順位表《じゅんいひょう》見たときの大和《やまと》の顔見た？」

「見た見た、顔面蒼白《がんめんそうはく》」

「おれはサッカーしてたけど、なぎさはめっちゃ勉強してたんだろって、見栄《みえ》はってたよな」

「素直《すなお》にできなかったことを認《みと》

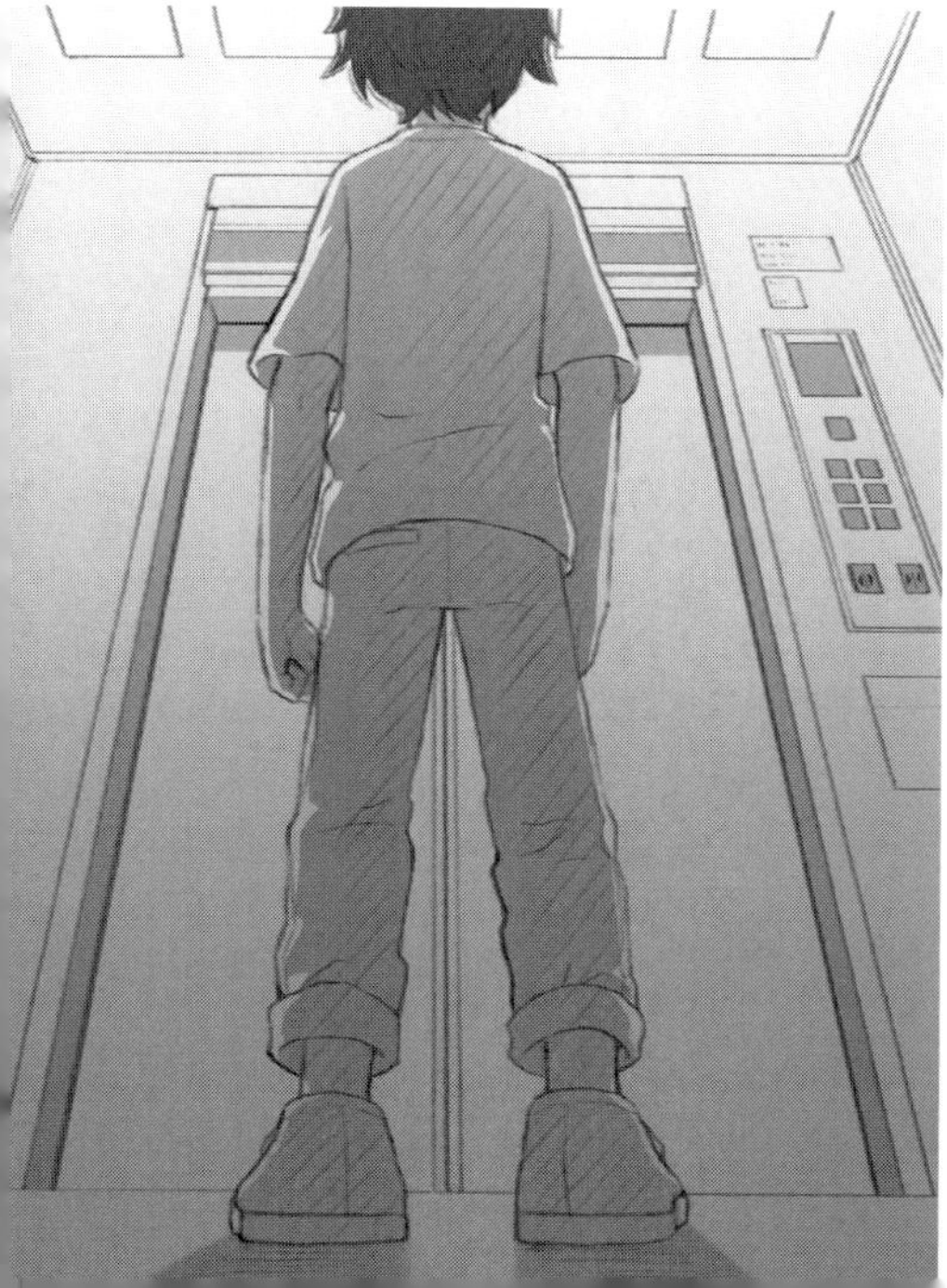

めれば、まだかわいいのにな」

「無理《むり》しちゃってるよな。必死《ひっし》で勉強したくせに」

ふたりの笑《わら》い声《ごえ》が、鉄の板をとおして、がんがん伝《つた》わってくる。

仲良《なかよ》しのふたりが、悪口を言い合っているなんて、信《しん》じられない。

「大和《やまと》くんがいないのをいいことに、悪口言うなんてひどい」

意外にも、なぎさが抗議《こうぎ》している。

「どうせ聞こえてないっしょ。『助けてー』ってさけんでたんだって？　だれが助けるか」

「ほんと。しばらく頭を冷《ひ》やしたほうがいいよ」

「ねえ、やめなよ！」

味方はなぎさだけ。大好《だいす》きなふたりに、こんなにきらわれていたなんて。

ヒック、としゃくりあげると同時に、ドスンと物を置《お》く音がした。

「はい、ちょっとごめんよ。ドアを開けるからねー」

助けが来た。手の甲《こう》でなみだをぬぐった。

ドアは、金属《きんぞく》の平らな棒《ぼう》のようなもので開いた。あっけないほどかんたんに。

ドアの向こうに、先生と、修太《しゅうた》、颯真《そうま》になぎさがいた。

「先生、すみませんでした」

エレベーターを使ったことを、先生にあやまった。

「急いでいるときは、少しぐらい使ってもいいんだよ」

おこられるどころか、先生はやさしかった。

「そうだよ、そんなこと気にするなよ」

「おれだって、遅刻《ちこく》しそうなときは使ってるから」

修太《しゅうた》と颯真《そうま》も、大和《やまと》をかばってくれた。

「大和くん、よかったね」

なぎさがほっとしたように言った。

「すぐに開けに来てくれたから、ホントよかったよ」

「早く、教室戻《もど》ろうぜ」

三人とも、心の底《そこ》からうれしそうだ。

「さっきさ……」

ふたりの顔を見る。

「なに？」

きょとんとした修太《しゅうた》の顔。

「どうしたんだよ。言いかけてやめるなよ」

くったくのない颯真《そうま》の笑顔《えがお》。いつものふたりだ。ひとかけらの悪意も見えない。

さっきの悪口は、大和《やまと》の思いちがいだったと思いたい。

本当は、だれもしゃべってなかったとか……。

だれかがエレベーターの中から、さけび声が聞こえたと言っていたように、大和にも、外の声が変《へん》なふうに聞こえてきたとか……。

そういうことにしておきたいと思う一方、はっきり聞こえてきたことに、まちがいないとも思う。

本当は――。

「なんだよ大和、どうしたんだよ」

「ああ、いや、いや、なんでもない」

ふたりが悪口を言っていたか、確《たし》かめたところで、得《え》るものはない。この先もまだまだ長く、塾《じゅく》にかよわなくてはならないのだ。

「大丈夫《だいじょうぶ》か、大和《やまと》」

修太《しゅうた》がいつものように、大和の肩《かた》に腕《うで》をまわそうとした。

とっさにするりと体をひねって、大和はその手をかわしていた。

友だちの手

今、わたしは、ランドセルではなく、お母さんがつくったチェック柄《がら》の布《ぬの》の手さげで登校している。教科書とノートが入った手さげは、けっこう重い。

家の玄関《げんかん》わきの壁《かべ》には、全身がうつる大きな鏡《かがみ》が、はめこまれている。鏡の中では、左腕《ひだりうで》のように見えるけど、鏡のこっち側《がわ》にいるわたしの右腕は、包帯《ほうたい》をぐるぐる巻《ま》きにしてギプスで固定《こてい》し、首から三角巾《さんかくきん》でつるさ

れている。

フーッ。今日も、ため息の朝から始まる。

「いってきます」

「いってらっしゃい。気をつけてね」

学校まで毎日送ってくれていたお母さんは、わたしの腕《うで》の痛《いた》みがすっかりなくなると、雨の日以外《いがい》は、ついてきてくれなくなった。

「おはよ、波音《はのん》」

「おはよう、日菜子《ひなこ》」

わたしの学校は登校班《とうこうはん》がないので、日菜子とは三丁目《さんちょうめ》公園の前で待ち合わせをしている。

「波音《はのん》が骨《ほね》を折《お》ってから、一週間だよね。大丈夫《だいじょうぶ》、あっというまになおっちゃうよ」

日菜子《ひなこ》はそう言いながら、さりげなくわたしの手から、手さげをつかむ。えんりょしても、「わたしが持つ」とゆずらない。

友だちはみんな、給食《きゅうしょく》のときにトレーを運んでくれたり、ノートをとってくれたり、いろいろ世話を焼《や》いてくれる。

咲月《さつき》をのぞいては。

「今日もソーランの練習がんばらないとね。波音も運動会のころにはギプスとれるんでしょ」

「うん。たぶんね」

「よかったね。ふりつけさえ覚《おぼ》えておけば、ぶっつけ本番でも大丈《だいじょう》夫《ぶ》だよ」

十月の運動会で演舞《えんぶ》する『南中《なんちゅう》ソーラン』は、四年生から六年生までが、一同で踊《おど》る。校庭は、赤、白、青色のハッピ姿《すがた》の児童《じどう》で、あざやかにいろどられる。

――ヤーレン　ソーラン　ソーラン　ソーラン　ソーラン

ソーラン節《ぶし》というのは、北海道《ほっかいどう》の西部に伝《つた》わる民謡《みんよう》で、ニシン漁《りょう》の漁師《りょうし》さんたちが、網《あみ》に入ったニシンを船にうつすときにかけ声をかけながら歌ったものらしい。

ドッコイショ、ドッコイショと軽妙《けいみょう》に入れて、ソーラン節《ぶし》をロック調にアレンジしたものが、『南中《なんちゅう》ソーラン』と呼《よ》ばれるもので、「よさこいソーラン祭り」や各《かく》学校の運動会などで踊《おど》るようになったそうだ。

――**ハー、ドッコイショ、ドッコイショ！**

ソーラン節のいせいのいい歌声とは反対に、わたしはなにをするにも、「ドッコイショ」と、重い腕《うで》を持ちあげなければならない。

運動会までには、ギプスははずれるかもしれないけど、組体操《くみたいそう》には出られなくなった。骨折《こっせつ》したせいで。咲月《さつき》のせいで。

放課後、病院でギプスをつけかえてもらった。

九月の太陽は包帯《ほうたい》の腕《うで》に汗《あせ》をかかせる。痛《いた》みがとれたと思ったらかゆくてたまらないという悩《なや》みが出てきた。

すきまから割《わ》りばしを入れて、かこうと何度も試《ため》したけど、ずれないようにしっかり巻《ま》かれたギプスには、割りばしが入るすきまなんてない。

一週間分の汗をふくんだギプスには、黒カビがついていた。

わたしの腕《うで》にも、ざらざらした赤いポツポツができていた。かゆいはずだ。もう、ギプスなんかしたくない。

けれど、レントゲンを見ると、わたしの骨《ほね》はまだ全然《ぜんぜん》くっついていないのがわかる。

「北野咲月《きたのさつき》さんは、熱《ねつ》が出てお休みです」

原田《はらだ》先生は出席《しゅっせき》をとりながら、「風邪《かぜ》のようですね」とつけ足した。

昨日《きのう》、咲月は四時間目で早退《そうたい》した。

もしかしたら、朝から調子が悪かったのかもしれない。保健室《ほけんしつ》に行って熱を測《はか》ったら高かったようで、迎《むか》えに来たお母さんと帰っていった。

そういえば咲月《さつき》は、このところせきもしていた。咲月の席《せき》はわたしのななめうしろなので、耳ざわりなせきが時々聞こえてきた。

風邪《かぜ》なんかうつされたらたまらない。これ以上《いじょう》、わたしに迷惑《めいわく》をかけないでほしい。

わたしの骨折《こっせつ》は咲月のせいだ。

何度もまぶたに浮《う》かぶシーンに、ぼんやりたたずむ、咲月の姿《すがた》が

あった。

あの日――。

運動会の練習で倒立《とうりつ》をしていた。背《せ》の順《じゅん》で、わたしと咲月《さつき》はペアになった。わたしが倒立をして、咲月が支《ささ》える番だった。思いっきりけりあげたわたしの足を、咲月はつかんでくれなかった。地面に向かって突《つ》っぱっていた両手は、バランスをくずし、右腕《みぎうで》に体重がかかる格好《かっこう》で転倒《てんとう》した。

はげしい痛《いた》みが全身をつらぬいた。

ドサッと体が投げだされたわたしのまわりに、みんなが集まってきた。

「波音《はのん》、大丈夫《だいじょうぶ》？」

「波音──」

しばらく動けなかった。

咲月《さつき》は、みんなにまじって、わたしを見おろしていた。ただのやじ馬みたいに。まるで、そうなることを望《のぞ》んでいたかのように。

咲月とはそれまで、仲《なか》が良《よ》くも悪くもなかったけど、組体操《くみたいそう》の練習では、本当にうんざりした。

「咲月、もっと、足をあげてくれないとつかめないよ」

「倒立《とうりつ》の練習、ちゃんと家でしてきてよ」

咲月《さつき》の倒立《とうりつ》は、足をぴょんぴょんはねあげるだけで、まったくあがってこないのだ。これではつかめない。わたしはいら立って、何度も声をあげた。

だからだ。咲月はわたしに腹《はら》を立てたのだ。

あやまってこないのも、そのせいだ。わたしをさけるように、目をそらし続《つづ》ける。

がまんできなくなり、咲月はわざとわたしの足を持ってくれなかったと、日菜子《ひなこ》にしゃべった。

日菜子がみんなに広めることも、みんながわたしの味方になってくれることも、予想がついた。

咲月《さつき》と仲《なか》の良《よ》かった子たちが、咲月からはなれ始め、咲月は教室で孤立《こりつ》するようになった。

次の日、先生は咲月が肺炎《はいえん》になって入院したことを告《つ》げた。

「えー、入院なんてかわいそう」

「苦しかっただろうね」

心配するみんなの声を、先生はすくいあげるように言った。

「咲月さんにお手紙を書いてあげましょう。先生が届《とど》けます」

「うちら、咲月を悪者にしちゃって、ひどいことしたよ」

「あんなことがあって、咲月、ずっとひとりぼっちで、かわいそうだったよね」

まわりの子がひそひそささやく。

「よかったね、波音《はのん》」

どこからか、そんな声が聞こえてきた。

咲月《さつき》が病気になったことを、わたしがよかったなんて、思うわけない。そんなこと思うわけ……。

けど、先生の話を聞いたとき、ほんの少し、咲月にばちが当たったのかなと思わなくもなかった。

心の片《かた》すみに、ほんの小さく宿る、うす暗い気持ち。

家に帰ってから、咲月の手紙になんて書こうか考え続《つづ》けた。

何度もフラッシュバックするあのシーンに、ふと気づいたことがあった。

転んだわたしのまわりに、みんなが集まってきたとき、口を開こうとした咲月《さつき》を、目のはしに見た気がする。あのとき、わたしは咲月のことを、にらんで、そして目をそらしたんじゃなかったか。

咲月があやまるタイミングをうばったのは、わたしのほうだったのだろうか。

ギプスの手で書いた手紙は、あっちこっちとがったり、大きくなったり、小さくなったりで、ひどい字だった。それでも何度も書き直して仕上げた。

咲月《さつき》へ

咲月、わたしの腕《うで》には、新しい骨《ほね》ができはじめたよ。ちゃんともとどおりになるんだね。

咲月の肺《はい》も、きっときれいに生まれ変《か》わるよ。

波音《はのん》

運動会の二日前に、咲月《さつき》は学校に来た。

同じころ、わたしの腕《うで》のギプスもとれた。

骨折《こっせつ》なんてこりごりだけど、骨《ほね》の再生《さいせい》をレントゲンで見られたことは、感動的《かんどうてき》だった。

「波音《はのん》、手紙ありがとう。わたし、ごめんね」

学校に来るなり、咲月はわたしのところに来てあやまった。

「あのとき、ハチが飛《と》んできて、こわくてよけようとしたら、波音の足をつかみそこねちゃって。ずっとずっと、後悔《こうかい》してた」

「ハチ？」

「そう、大きなハチがうろうろしてたんだ」

ハチのせい。ハチはこわい。そういえばさわいでいる子がいたかも。

わざとではなかったのか。

咲月《さつき》のことをうたがってしまった、自分を恥《は》じた。

「わたしも、ごめんね。ほんのちょっと、咲月にばちが当たったのかもって思った」

「そうだよね。あいこだね」

「うん。あいこだ」

咲月がわたしの前に片手《かたて》をだした。そっとにぎる。

咲月《さつき》は、わたしの手をぎゅっとにぎり返してくれた。ふっくらと厚《あつ》みのある手は、信用《しんよう》できる友だちの手にちがいなかった。


運動会当日。

青空と、白い雲、太陽の赤のソーランのハッピが校庭に映《は》える。

「五年二組、がんばろー！」

日菜子《ひなこ》がみんなの先頭に立って、声をはりあげた。

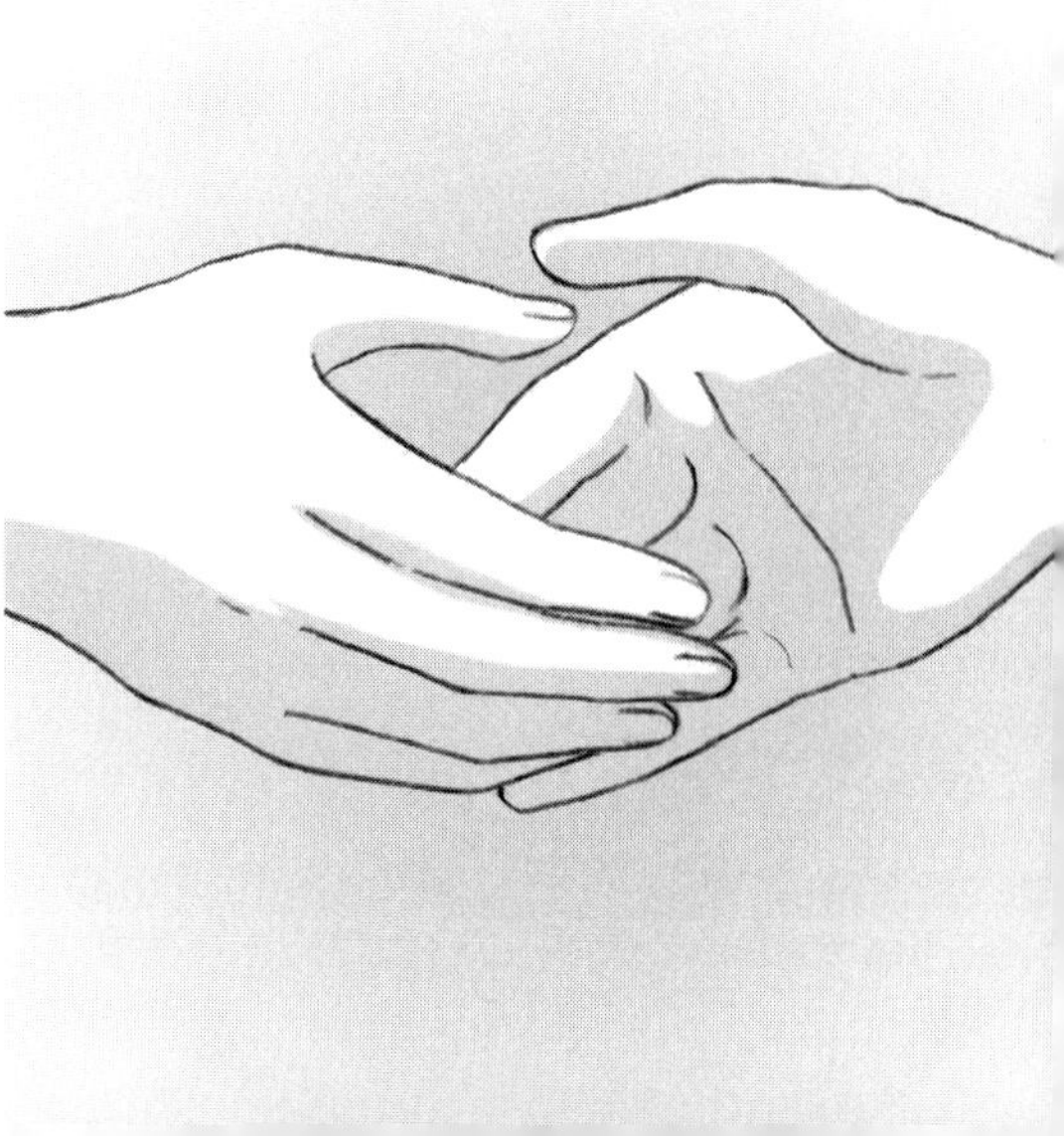

「オーッ!」

「よっしゃ!」

足を広げてかまえる。三味線《しゃみせん》がひびく。みんな笑顔《えがお》で体をゆらす。

波《なみ》が立つ。まっすぐ前を向いて、大海に乗りだす。

――ドッコイショ　ドッコイショ

力いっぱい網《あみ》を引く。オールをこぎ、船は大きな波に乗って沖《おき》に進む。

——ヤサエ　エンヤー　サーノドッコイショ

ソーラン節《ぶし》には、ヘブライ語の行進賛歌《こうしんさんか》に由来《ゆらい》するという都市伝《としでん》説《せつ》があるらしい。かけ声かと思っていた歌詞《かし》には、ヘブライ語との共通点《きょうつうてん》があるという説《せつ》だ。ただの都市伝説かもしれないけど、最後《さいご》の「ノドッコイショ」は、神の助けによって押《お》しのけるという言葉にとれるらしい。

みんなの力を借《か》りて、病気やけがを押しのけた。

荒波《あらなみ》を乗《の》り越《こ》えて、沖《おき》に出る。銀色のニシンがはねる。大漁《たいりょう》だ。

真っ青な空は、大海原《おおうなばら》のように広がっていた。

あっちむいてホラー

「あっちむいてホイやろう」
学校の帰り道。
ふり返ると、強一郎《きょういちろう》がいた。
あまりにも真うしろにいたから、思わず、「わっ」と飛《と》びのいた。
うしろをついてくる音も、気配もなかった。
うすっぺらい体に、細い腕《うで》。
やわらかそうな長い前髪《まえがみ》から、

弓型《ゆみがた》のまゆと目が見え隠《かく》れする。いつもと同じ、にこにこ笑《わら》っている。

「な、なんだよ」

「あっちむいてホイやろう」

「はあ？」

四年二組でも、ほとんどしゃべったことのない強一郎《きょういちろう》。

なのに、こないだのけやき公園のフィールドアスレチックにもついてきた。

クラスの仲間《なかま》と立てていた計画を、どこかで聞きつけたらしい。

さそってもいないふたりが、待ち合わせ場所に来ていたのだ。

強一郎《きょういちろう》と翔太《しょうた》。

あの日も、ほとんどしゃべらなかった。

「ねえ、あっちむいてホイやろう」

強一郎のやつ、なんだって急に、あっちむいてホイやろう、なんて言いだすのか。

「やだよ。急いでんだよ。塾《じゅく》があるから」

「ねえ、あっちむいてホイやろう」

にこにこ笑《わら》いながらも、しつこい。

さっさと歩きだす。関《かか》わりたくない相手だ。

「ねえ……」

「ムリだって」

「早くやるんだよ！」

いきなりの低《ひく》い声にぞっとして、足が止まった。

だれの声だ？

まさかと思い、ふり返る。

「やるよね」

いつもの笑顔《えがお》。けれど、強一郎《きょういちろう》の深い闇《やみ》のような黒目にぶつかって、背中《せなか》がぞくっとした。

「や、やるよ」

まるで言わされているみたいに、そう答えてしまった。

「じゃんけんしよう」

強一郎《きょういちろう》と向き合って、こぶしをふる。

「じゃんけんぽん」

負けた。

「あっちむいて……」

強一郎の人さし指の先が、夏《なつ》樹《き》の目と目の間にせまった。

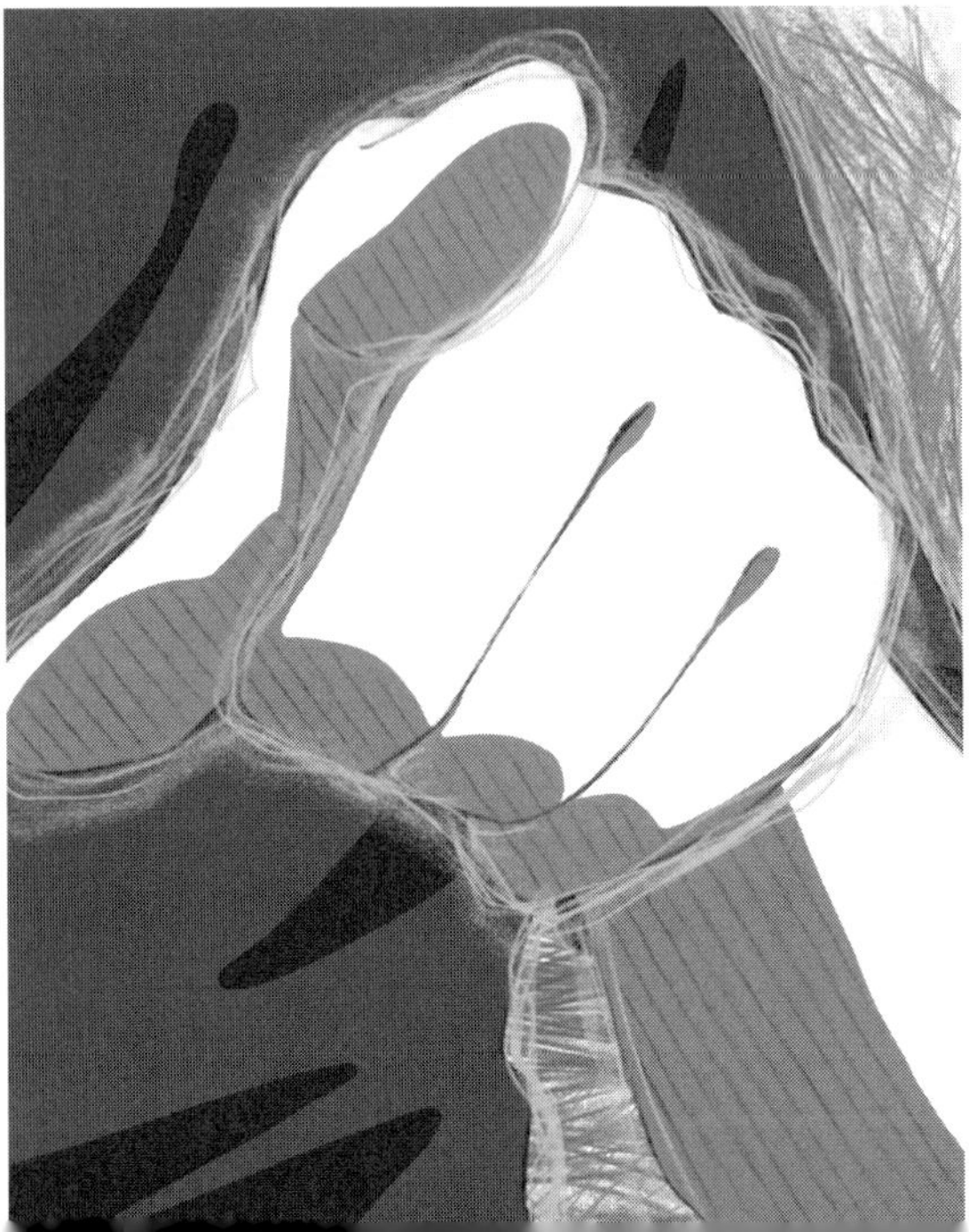

「ホラー」

強一郎《きょういちろう》の声が低《ひく》くひびいた。

えっ？　なんだって!?

ホラーって？

頭がふらっとなって、まぶたが重くなった。ぼんやりかすんだ目は、強一郎の指先にさそわれるように、同じ方向を向いていた。

そして――。

「わーっ！　落ちるー!!」

わんわんと反響《はんきょう》する自分の声に、耳が痛《いた》くなる。

落ちているのだ。真っ暗な闇《やみ》の中を。

なにも見えないのに、落ちていることは、感覚《かんかく》でわかる。おなかの下のあたりがスースーするし、目もほおも引きつったようにつりあがって痛《いた》い。足をバタバタと動かしても、空《くう》を切るだけで、地面に届《とど》かない。

「あちっ！」

切れた！

シュッと刃物《はもの》で切られたような熱《ねつ》が指先に走った。壁《かべ》にふれたのかもしれない。

壁？　ということは、せまいトンネルのような穴《あな》を落ちているのだろうか。それで、あんなに声が反響《はんきょう》したのか。

ひと筋《すじ》の光も見えないくらい、長い長いトンネル。

その中を落ち続《つづ》けている！

——**わーっ！　落ちるー‼**

夏樹《なつき》は、ふと、あの日のことを思いだした。

けやき公園のフィールドアスレチックは、ゴールデンウィーク中で、かなり混《こ》んでいた。

みんなと一緒《いっしょ》に、ネットくぐりや、イカダわたりなんかをひょいひょいクリアした。

ただ、高いところが苦手《にがて》な夏樹《なつき》は、無理《むり》そうなアクティビティを、みんなに気づかれないように、こっそり飛《と》ばしてごまかした。

最後《さいご》は、展望台《てんぼうだい》から、むこうの山にわたしたワイヤーロープを滑車《かっしゃ》ですべる、ジップラインだ。

展望台の広場には、同じユニフォームを着た、なにかのクラブチームの子たちや、親子づれ、若《わか》い男女など、大勢《おおぜい》の人が集まっていた。

「うわー、下見て、こわっ」

「おれ、高いの、全然《ぜんぜん》平気──」

夏樹《なつき》の仲間《なかま》もさわいでいる。

「夏樹、なにびびってんだよ。こわいんだろ」

翔太《しょうた》が夏樹に近寄《ちかよ》ってきた。

「おまえ、綱《つな》わたりも丸太とびも、高いところのアクティビティ、ぜんぶすっ飛《と》ばしただろ。おれ、知ってんだぞ」

翔太がにやりと笑《わら》う。

チッと舌打《したう》ちした。それがなんだって言うんだ。秘密《ひみつ》でもにぎったつもりか。勝手についてきたくせに。

同じ塾《じゅく》にかよう翔太《しょうた》は、日ごろからなにかとはり合ってくる。夏樹《なつき》の成績《せいせき》がいいのが、おもしろくないのだろう。

まともに相手にするつもりもないので、無視《むし》してジップラインの列に向かった。

少し前に、強一郎《きょういちろう》も並《なら》んでいた。いつも以上《いじょう》に、青白い顔をしている。

色白で、王子様キャラの強一郎に、クラスの女子はさわいでいるけど、自転車にも乗れないし、ドッジボールが飛《と》びかうのもこわがるくらい弱虫だ。『弱一郎《よわいちろう》』なんてあだ名までついている。
翔太《しょうた》のやつ、どうせなら、あいつをからかえばいいのに。
さっきから翔太は、柵《さく》に腰《こし》をかけて、ぶらぶらと足を浮《う》かせて、
展望台《てんぼうだい》にのぼってくる人たちを見おろしている。
あぶなっかしい格好《かっこう》だ。強風にあおられたり、だれかがぶつかる
ことだってある。いつ落ちても不思議《ふしぎ》ではない。
いつ落ちても不思議ではない。
夏樹《なつき》の足がふらっと動いた。
気づいたときには、翔太のうしろに立っていた。
そのとき、近くを走りまわっていた子が、夏樹にぶつかってきた。

ドンッと押《お》された夏樹《なつき》の体は、翔太《しょうた》にぶつかって――。

「わーっ！　落ちるー!!」


あのときの翔太の声は、耳の奥《おく》に、まだずっと残《のこ》っている。

まさか、自分の身にふりかかってくるとは。

だが、いつのまにか、夏樹の体は、もう落ちてはいなかった。足とおしりが地面に着いていた。

手をのばすと、壁《かべ》に当たる。

トンネルの底《そこ》なのか？

どのくらい深いのだろう。真っ暗でなにも見えない。

体が冷《ひ》えきって、頭がぼんやりしてきた。

「おい、夏樹《なつき》」

ふいに名前を呼《よ》ばれた。

だれだ？　どこにいるんだ？

「翔太《しょうた》だよ」

「翔太!?」

翔太がいったい、なんで？

展望台《てんぼうだい》の柵《さく》から落ちた翔太は、足を骨折《こっせつ》して、松葉杖《まつばづえ》で登校している。

「あの日、おまえがおれの背中《せなか》を押《お》したのは、わかってんだぞ」

「いや、ちがう。ぼくもだれかに……」

「目撃者《もくげきしゃ》がいたんだよ」

目撃者！

ジップラインの列から、ふり返った青白い顔。たしかに、夏樹《なつき》と目が合った。

「強一郎《きょういちろう》か」

「そうだよ。強一郎が見てたんだよ」

「けど、ちがう。ぼくも、だれかに押《お》されたんだよ！」

大声が、トンネルの中に反響《はんきょう》した。

「おまえ、ジップラインに並《なら》んでたんじゃないのか。なんでわざわざおれのうしろに来たんだよ」

ああ、そうか――。

あのとき夏樹《なつき》は、柵《さく》に腰《こし》かけた翔太《しょうた》が落ちていく姿《すがた》を、想像《そうぞう》したのではなかったか。

落ちればいいと思ったのではなかったか。

「強一郎《きょういちろう》が、おれのかわりに、おまえに復讐《ふくしゅう》してくれたんだ」


――強一郎って、肌《はだ》も白いし、そばに寄《よ》ると、すごい冷気《れいき》を感じるよ。すきとおって見えなくなってるときもあるだろ。

――去年まで、学校で見たことないよな。

――あいつ、人間じゃないよな。
――宇宙人《うちゅうじん》とか、妖怪《ようかい》とか？　まさか。
――あんな弱っちい妖怪なんていないだろ。

強一郎《きょういちろう》の、そんなうわさ話を楽しんでいた。
まさか、こんな、得体《えたい》の知れない力を持っていたなんて。
復讐《ふくしゅう》の請負人《うけおいにん》――。
おそろしい言葉が、夏樹《なつき》の全身

をつらぬいた。

はげしい痛《いた》みだ。さっき切った指から、血が流れているにちがいない。出血多量《しゅっけつたりょう》で死ぬんだろうか。意識《いしき》がうすれてきた。もう、限《げん》界《かい》だ。

「ごめん……」

するっとその言葉が出た。思えば、一度も翔太《しょうた》にあやまっていなかった。

死ぬ前に、ちゃんと言わなければならない。

「ごめん、翔太……ごめん、本当に、本当にごめんなさ……」

最後《さいご》に声をふりしぼった。

◇◇◇

まぶたにうっすらと光がさした。
夏樹《なつき》は道路にへたりこんでいた。
トンネルの中ではない。
あたりを見まわす。
見なれた風景《ふうけい》。
戻《もど》ってこれたのか？
許《ゆる》してくれたのか？
指先から血は出ていなかった。体をさわっても、どこもなんともない。

学校の帰り、強一郎《きょういちろう》に声をかけられた場所だ。

――あっちむいてホラー。

耳についたその言葉に、ぶるっと体がふるえた。

通学路には、夕闇《ゆうやみ》がせまっていた。

せまい路地に夏樹《なつき》ひとり。
ランドセルをつかんで、立ちあがる。
急いで帰ったほうがよさそうだ。

夏の終わり

エンジン音が、家の前で止まった。

三時ぴったりに和真《かずま》は来た。

車から降《お》りた和真は、日に焼《や》けて、ぼくより数センチ背《せ》が高くなっていた。

印象《いんしょう》が変《か》わったと感じたのは、昨日《きのう》、母さんから和真んちの事情《じじょう》を聞いたせいかもしれない。

「和《かず》くん、たくましくなったねー」

母さんは、和真《かずま》をなつかしむように、まぶしそうな目をした。

伏《ふ》し目《め》がちに白い歯をのぞかせた和真は、やけに大人びて、ぼくはなんだかちょっと恥《は》ずかしくなって、運転席《うんてんせき》の和真のお母さんに目を走らせた。

ひさしぶりに会う和真のお母さんに、ぼくもなにか言ってほしかったけど、車から降《お》りてくるようすはなかった。

ハンドルをにぎったまま、スルスルと窓《まど》を開けて、

「聡志《さとし》くん、よろしくね」

と大声をだしただけだった。

以前《いぜん》は、ぼくたちが遊んでいる横で、母さんと和真のお母さんは、

お茶をしながら、何時間でも楽しそうにおしゃべりしていたのに、和真《かずま》のお母さんは、このあと大事な用事があるから、家にはあがらないらしい。

「こっちは大丈夫《だいじょうぶ》よ」

母さんは、和真のお母さんをさびしそうに見送った。

窓《まど》から顔をだした和真のお母さんは、

「じゃあね、和真」

と言い残《のこ》すと、ゆるりと車を発車させた。

和真とは、幼稚園《ようちえん》の年少から二年生までの五年間、同じクラスだった。好《す》きなアニメが一緒《いっしょ》で、サッカーをするのも、携帯《けいたい》ゲームを持ち寄《よ》って遊ぶのも、駄菓子屋《だがしや》へ行くのもいつも一緒だった。

ぼくの下手《へた》な工作に、和真《かずま》はちょちょいと手を加《くわ》えて、かっこよく仕上げてくれた。

知らないおばあさんの荷物《にもつ》を、ふたりで持ってあげたこともある。ひとりで心配なことも、和真とふたりでなら、なんでもできそうな気がした。

けれど、ぼくたちの同じクラスの更新《こうしん》は、そこで止まった。

三年生にあがる前に、ぼくんちが引《ひ》っ越《こ》したからだ。

お母さんどうしが決めて、三年の夏休みは、和真が家に泊《と》まりに来て、四年の夏休みは、ぼくが和真《かずま》の家に泊《と》まりに行った。

今年、五年の夏は、和真がぼくの家に来る番だ。


ジュースを飲み終えると、居間《いま》のソファーに並《なら》んで座《すわ》った。

和真は、すぐにリュックからゲーム機《き》をとりだした。

学校の話や、クラスで流行《はや》っていることなんかを聞きたかったけど、和真はゲームのスイッチを入れた。

となりでぼくがじっと見ていたせいか、ふと、

「聡志《さとし》のソフト見せて」

と言ってきた。

前みたいに、おたがいのソフトを交換《こうかん》するのも楽しい。

「和真《かずま》のも見せて」

わくわくしながら、ぼくはソフトのケースを開いて見せた。

「うそ、こんだけ？」

そういえば、去年からあまり増《ふ》えていない。けど、そんな言い方しなくてもいいのに。

和真のソフトケースには、最新《さいしん》のゲームソフトが、ずらりと並《なら》んでいた。

「わっ、すごっ！　どれかやってもいい？」

「ああ、いいよ。好《す》きなの使って」

「やった！」

見せびらかすだけ見せびらかして、貸《か》してくれない子もいる。やっぱり、和真《かずま》だ。気前の良《よ》さは相変《あいか》わらずだ。

「どれにしようかな。あっ、これがいいや」

ケースの中から、まだクラスのだれも持っていないソフトを見つけた。

「あー、悪い。それはちょっとムリ。ほかのならいいよ」

「えっと、じゃあ、これは？」

「あー、それは、あとでおれがやるから」

「こっちは？」

「ああ、それも……やっぱ、ムリ」
見せびらかして、貸《か》してくれない子と同じだった。
去年の和真《かずま》とも、その前の、ずっと以前《いぜん》から知っている和真とも
ちがう。
昨日《きのう》、母さんから聞いた、和真んちの事情《じじょう》が、和真をこんなふう
にさせているのかもしれない。
ぼくはあきらめて、使い古した、自分のゲームを始めた。
時々、和真に話しかけたけど、和真は、「えっ」とか「なに」と
かうるさそうにするだけだった。

「和《かず》くん、ハンバーグ食べられるよね」

母さんは、まだ三時なのに、冷蔵庫《れいぞうこ》を開けたり閉《し》めたりしている。

今日のために、たくさんの食料《しょくりょう》を買いだしていた。

冷蔵庫から、サイダーのペットボトルをとりだすのに苦労《くろう》するほど、びっしりと食材《しょくざい》がつまっていた。生ハム、キムチ、サーモンにチーズにメロン……。ひと晩《ばん》で、こんなに食べられるわけないのに。

和真《かずま》から、ハンバーグの返事をもらえなかった母さんは、

「ハンバーグ、好《す》きだったわよね」

とひとりごとに置《お》きかえた。

和真は、なにかとりつかれたように、ゲーム機《き》を動かしている。

ビューンビューン、ドキューン。音量《おんりょう》が大きい。

ひとの家に来て、ゲームばかりしている和真《かずま》に、だんだん腹《はら》が立ってきた。

家の事情《じじょう》を、引っさげてきたことも、重っ苦しかった。

楽しみにしていた友だちのお泊《と》まりが、急速に冷《ひ》えていった。

となりにいるのにたえられず、ぼくは自分の部屋に行った。

いすにのけぞって、勉強机《づくえ》の引きだしを開ける。

シャーペンや、のりやはさみでごちゃごちゃした引きだしは、昨日《きのう》、きれいにせいとんしておいた。

ぼくと和真が好《す》きな、アニメの消しゴムを二個《こ》買っておいたか

ら、なにげに引きだしを開けて、あまっている
フリをして、和真《かずま》に一個《こ》あげるつもりだった。
けど、あげることにはならないような気がした。

壁《かべ》の時計を見る。
広樹《ひろき》や勇太《ゆうた》たち、みんなでサッカーしていないかな。
今ならまだ、神社にいるかもしれない。
居間《いま》に戻《もど》って和真に声をかけた。
「ねえ、外行こうよ。友だちがサッカーしてるかもしれないから、

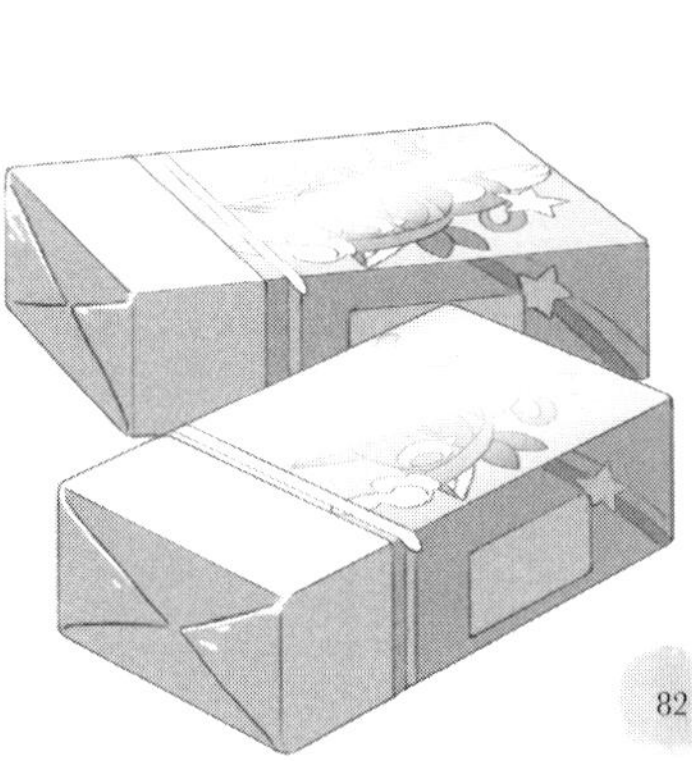

一緒《いっしょ》にやろう」

「えー、サッカー？　いや……やっぱムリ」

「いいじゃん、ちょっとだけ。ね、ちょっとだけだから」

どうしても出かけたくてお願《ねが》いした。

ぼくの必死《ひっし》さに負けて、和真《かずま》はようやく、腰《こし》をあげた。


静《しず》かな夕方だった。そろそろ風が出てくるころだ。ぼくは夏のこのくらいの、ちょっとくたびれた空気が好《す》きだ。

神社に行けば、広樹《ひろき》たちに会える。

サッカーをして汗《あせ》をかいたら、重っ苦しい気分も吹《ふ》っ飛《と》ぶはず。

わくわくしながら鳥居《とりい》をくぐると、境内《けいだい》はがらんとしていた。犬の散歩《さんぽ》のおばさんがいるだけ。

地面の砂《すな》が荒《あ》れている。ついさっきまで、サッカーをやっていたのかもしれない。

「だれもいないじゃん」

「終わっちゃったんだ。そうだ、駄菓子屋《だがしや》に行こう」

もしかしたら、広樹《ひろき》たちはいつものように、サッカーを終えて、駄菓子屋に流れたのかもしれない。

ポケットに、五百円玉を入れてきた。

「おれ、金持ってないよ」

「ぼく持ってきたから。なんか買って食べよう」

「いいよ、なにも食べたくないし」

「いいから、行こう」

「やっぱ、ムリ」

和真《かずま》の口ぐせ。今日で、何回目かの、やっぱ、ムリ。

「じゃあ、先に帰っててていいよ」

ぼくのきつめの言葉に、和真はため息をついて、ついてきた。

駄菓子屋《だがしや》には、広樹《ひろき》や勇太《ゆうた》たちがいた。

「おー、聡志《さとし》ー。来るのおそいよ。サッカー終わっちゃったよ」

「友だちが来ててさ」

みんなに和真《かずま》を紹介《しょうかい》しようと思ったけど、和真は隠《かく》れるように、棚《たな》の裏側《うらがわ》に行ってしまった。

なに買う？　ひもつきあめにしようか、カードつきのウエハースにしようか、やっぱチョコかな……。

広樹《ひろき》たちと、いつになく大はしゃぎした。

気がつくと、和真は店の外にいた。

ぼくはグミを二個《こ》買った。昔、和真とよく食べたグミだ。ふたりとも好《す》きだったグレープ味。さっき、食べたくないって言っていたから、明日、別《わか》れぎわにわたせばいい。

駄菓子屋《だがしや》の前で、広樹たちと別れた。

「またなー」

「聡志《さとし》、明日は、来れるんだろう？」

「ああ、明日、絶対《ぜったい》行くよ。明日なー」

広樹《ひろき》たちに会えたうれしさで、明日、明日って、調子に乗り過《す》ぎたかもしれない。

和真《かずま》の顔色をそっとうかがう。

聞きたいことが、ぼくの頭の中に押《お》し寄《よ》せた。

おばさん再婚《さいこん》するんだって？

お父さんになる人って、外国の人なんでしょ。

和真もアメリカに行くんだって？

昨日《きのう》、母さんから聞いた、和真《かずま》んちの事情《じじょう》。

大変《たいへん》だ、とまず思った。それで、ぼくだったらどうだろう、って考えた。けれど、考えてもわからなかった。ぼくじゃないから。

和真が背負《せお》ったものは、和真にしか背負えない。

幼稚園《ようちえん》のころから、和真にお父さんがいなかったことも、母さんの話で初《はじ》めて知った。

和真がリレー選手《せんしゅ》になった運動会も、みんなでバーベキューをしたときも、花火大会でも……。

そういえば、ぼくの記憶《きおく》の中にある、どのシーンにも、和真のお父さんは登場しない。

ぼくは和真《かずま》の前で、何度、父さんの話をしただろう。父さんに買ってもらった、父さんと出かけた、父さんにほめられた……。なんで言ってくれなかったの？　友だちなのに。

和真に聞きたいことはいっぱいあった。

けれど、となりを歩く和真は、ぼくの一切《いっさい》の質問《しつもん》を受けつけない、とでも言うように、肩《かた》をいからせて、早足で進んでいく。

結局《けっきょく》、なにひとつ切りだせないまま家に着いた。

台所で、母さんはじゃがいものスープづくりに挑戦《ちょうせん》していた。

和真《かずま》は、すぐにソファーに座《すわ》り、ゲーム機《き》をにぎった。

晩《ばん》ご飯《はん》の前に、父さんが帰ってきた。

「よおっ、和真くん、元気そうだな」

父さんもうれしそうだった。

いっしゅん、和真の顔がほころんだ。

なぜかわからないけど、ぼくは少しほっとした。

和真《かずま》の布団《ふとん》は、ぼくのベッドのとなりに敷《し》いた。

「ベッドと布団と、どっちがいい？」

「布団でいいよ」

ぼくはベッドに飛《と》び乗って、リモコンのスイッチをにぎった。

「じゃあ、電気消すよ」

「うん。おやすみ」

「おやすみ」

暗闇《くらやみ》の中、和真《かずま》がなにかしゃべりだすのを待った。

和真もぼくがしゃべるのを、待っているのかもしれない。

そんな気配を感じながら、天井《てんじょう》を見つめていた。

和真《かずま》の寝息《ねいき》は、待っても待っても聞こえてこなかった。ふたりとも寝《ね》ていないのは明らかだ。それでも寝たフリをして、息を殺《ころ》し続《つづ》けた。

和真も、同じことをしているような気がして、吹《ふ》きだしそうになった。ぼくはあわてて布団《ふとん》をかぶった。

翌朝《よくあさ》早く、和真のお母さんが迎《むか》えに来た。

昨日《きのう》の大事な用事とは、再婚《さいこん》する人と、今後の話し合いをすることだったらしい。

話し合いは、進んだのだろうか。

助手席《じょしゅせき》に座《すわ》った和真《かずま》は、和真のお母さんと同じくらいの座高《ざこう》があった。

ガラス越《ご》しに、和真はぼくに軽く手をあげた。

かっこつけやがって。けれど、すごくサマになっていた。お父さんになる人のまねかもしれない。

和真は、アメリカであろうと、アフリカであろうと、どこに行っても、やっていけそうな気がした。

車が見えなくなった。

ぼくたちの夏が終わった。
ふたりを見送ったあと、ぼくは部屋に戻《もど》って、和真《かずま》の布団《ふとん》を片《かた》づけた。
まくらの下から、白い紙が見えた。
封筒《ふうとう》だ。急いで開けた。

今日はとまりに来れて、すっごく楽しかった。
ありがとう。
和真

下手《へた》な字だ。いつのまに書いたのか。

昨日《きのう》はずっと居間《いま》にいたから、きっと、家を出る前に書いてきたんだろう。でなきゃ、すっごく楽しかった、なんて書くわけない。

和真《かずま》は、本当はぼくんちで、すっごく楽しく過《す》ごそうと思って来たんだ。

時間を巻《ま》き戻《もど》して、昨日をやり直したい。そしたら、手紙のように、すっごく楽しくできた。もっともっと、しゃべって、おもしろい話をして……。

後悔《こうかい》しかけたとき、「やっぱ、ムリ」って、和真の声が、耳に戻《もど》ってきた。

昨日《きのう》をやり直しても、やっぱムリだったかもしれない。
和真《かずま》の大変《たいへん》さは、和真にしかわからない。
アメリカでの生活。
ずっといなかったお父さんができるって、どんな気持ちだろう。
外国人のお父さんに、言葉は通じるんだろうか。
和真は、自分の気持ちを、ちゃんと伝《つた》えられるだろうか。
アメリカで友だちをつくれるだろうか。
和真は、和真は……。

目がかすんだとき、はっと思いだした。

昨日《きのう》買ったグミ。

二階のベランダに、昨日ぼくがはいていた、ズボンが干《ほ》してあった。ぬれたポケットを探《さぐ》る。

ビニール袋《ぶくろ》がくたっとなっていたけど、中身は大丈夫《だいじょうぶ》、食べられる。

玄関《げんかん》を飛《と》びだして、車が行った方向に走る。

とっくに見えない車を追いかけて走った。

坂をくだって川沿《ぞ》いの道まで出ると、息が切れて足が止まった。

もうこれ以上《いじょう》走れない。

それに、どんなにがんばっても追いつけない。

手を開くと、グミの袋《ふくろ》はいっそうくしゃくしゃになっていた。

袋を破《やぶ》ってグミを口に放りこみ、くちゃくちゃかんだ。

甘酸《あまず》っぱいグレープの果汁《かじゅう》は、未来を予感させることはなく、もう会えない友との思い出の味にちがいなかった。

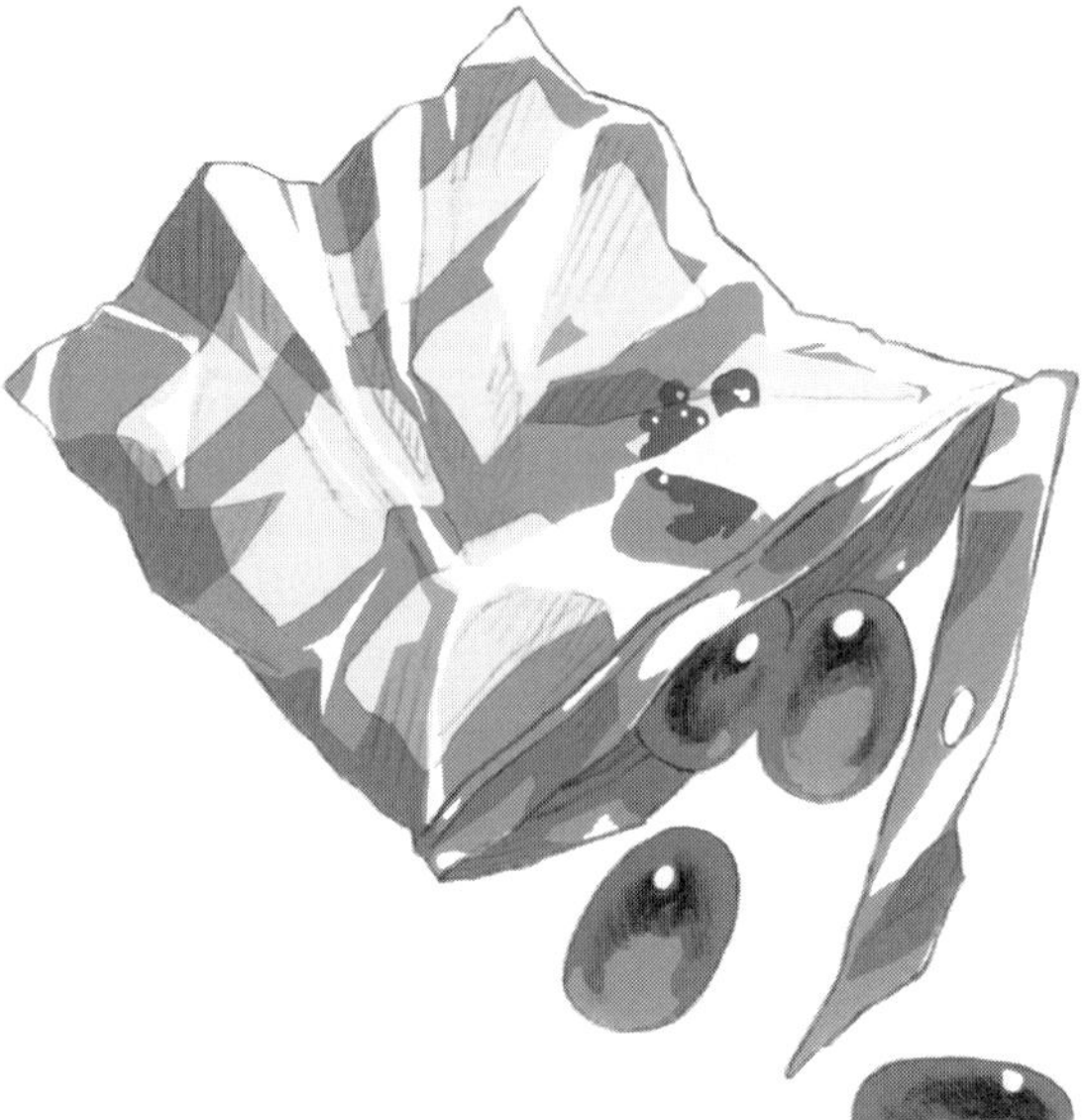

いつも会う人

東7地区の登校班《とうこうはん》は、蓮《れん》と同じヒルズマンションに住む六人だ。一年生がふたり、二年生と三年生、五年生はひとりずつ。それに、六年生の蓮だ。

蓮は班長《はんちょう》として、みんなを引っぱっていかなければならない。

なにごともなく学校に着くことができるだろうか。

途中《とちゅう》、変《へん》なトラブルがおきないだろうか。

副《ふく》班長になる五年生は、春休み

に引《ひ》っ越《こ》してきた。転校してきて、いきなり副班長《ふくはんちょう》をまかせるのもかわいそうな気もするが、ほかに五年生はいないので、お願《ねが》いするしかない。

春休み、荷物と一緒《いっしょ》にその家族がマンションに着いたとき、蓮《れん》はたまたまエレベーターに乗り合わせた。

「わたし、転校したくなかったのにな」

「アリサ、何度も言ってるけど、毎日、電車でかようのは大変《たいへん》よ」

「駅三つくらい、どうってことないのに」

ふたりの会話をじっと聞いていた蓮は、アリサの顔をぬすみ見た。登校班《とうこうはん》の名簿《めいぼ》に書いてあった名前と同じだったからだ。

背《せ》が高く、長い髪《かみ》。あごはツンとがっていた。班長《はんちょう》と副《ふく》班長は協力《きょうりょく》し合わなければならないのに、気の強そうなアリサの姿《すがた》に、うまくやっていけるのかと、不安になった。

「班長さん、おはようございます」

一年生のふたりは大きな声であいさつをしてくるが、蓮《れん》はそれには答えず、「行くぞー！」と声をあげた。

みんな磁石《じしゃく》のように、蓮《れん》のうしろにくっつく。列を乱《みだ》すこともなく、きちんとついてくる。

みどり幼稚園《ようちえん》、しみず青果店《せいかてん》、月宵寺《つきよいでら》を越《こ》え、三叉路《さんさろ》を左に曲がると、学校の西門が見える。家から学校まで十五分ほどのかよいなれた道のりだ。五年間、登校中にトラブルがあったことなど、一度もない。班長《はんちょう》だからと気負う必要《ひつよう》などなさそうだ。

学校が見えた。三叉路を左に曲がれば……。

ほっとしたとたん、突然《とつぜん》、目がかすみ視界《しかい》がぼやけた。何度もまばたきをしたが、もやがかかったようにかすんでいる。

え、え、え？　道、ちがうよ。なんで？　どうしたんだろう。

蓮《れん》のうしろで、班《はん》の子たちがさわぎだした。

「班長さん!」

最後尾《さいこうび》にいるはずのアリサが、蓮のとなりに来ていた。

「こっちの道じゃないですよっ!」

はっとしてふり返る。曲がるはずの三叉路《さんさろ》を直進していた。

みんながぽかんと蓮を見あげている。

「ああ、いや、いや、ちょっと……いいから、行くぞ」

急いで引き返し、すたすたと歩きだした。歩幅《ほはば》のせまい一年生が、ばたばた走っているようだが、蓮は速度をゆるめずに、さっさと歩いた。

教室に入って、やっとひと息つけた。涼真《りょうま》たちとふざけ合いながら一日を過《す》ごしたが、時々、ふっと朝の出来事が頭をもたげた。

アレはなんだったんだろう。

もし、またあんなことがおこったら……。

翌日《よくじつ》。登校班《とうこうはん》の人数は五人。アリサはお休みだったけれど、副班《ふくはん》長《ちょう》がいなくて困《こま》ることはなにもなかった。心配していたこともおこらずに、無事《ぶじ》、学校に着いた。

よかった。昨日《きのう》は、なにか悪い夢《ゆめ》でも見たのかもしれない。

次の日。

マンションのエントランスから出ると、青空が広がっていた。悪いことなどおこるわけはないと、安心させてくれるような天気だ。

月宵寺《つきよいでら》を過《す》ぎたところで、アリサに呼《よ》び止められた。

「班長《はんちょう》さん！」

なんだろうとふり向くと、銀色に光る刀が蓮《れん》の目に飛《と》びこんだ。

「あぶないっ！」

三年のタイガが、刀をふりまわしている。

「なにやってるんだ。よせ、タイガ」

二年のヒロトが泣《な》きそうな顔をしている。タイガがヒロトのランドセルに、刀をぶっさそうとしているのだ。

「ヒロト、あぶないぞ。逃《に》げろー！」

大声でさけんで、はっとわれに返った。

タイガの手を見て、目を大きく広げた。なんと、タイガがにぎっていたのは、三十センチのプラスチックの定規《じょうぎ》だった。刀などではない。

「タイガくんがヒロトくんの定規をとって、ふりまわしてたからあぶないとは思ったんですけど……」

蓮《れん》のあわてぶりに、アリサが不思議《ふしぎ》そうに言った。

「ああ、そうそう、そうだよ。おい、タイガ、あぶないだろ」

定規《じょうぎ》でもふりまわせば、あぶない。
「はーい、ごめんなさい」
と言いながら、タイガは、ヒロトのランドセルのすきまに、定規を差《さ》しこんだ。
前を向き、歩きだす。
たしかに見えた。銀色にピカピカ光る刀が――。
とてつもなくいやな予感がし、身ぶるいした。
それからというもの、蓮《れん》は、のろわれたような幻覚《げんかく》を見ることになる。
なにげなくけった小石が、巨大《きょだい》な石になって戻《もど》ってきた。

犬の散歩《さんぽ》をするおじさんのポメラニアンが、大型犬《おおがたけん》に変《か》わって、おそわれそうになった。

蓮《れん》のうしろを歩く一年生にかかとをふまれ、大量《たいりょう》の血が流れ出た。血だまりに、頭がくらくらした。

いったい、なにがおきているんだ!?

「ねえねえ、みんな知ってる?」

休み時間、女子の中から、くるみの声が聞こえてきた。

「『いつも会う人』っていう都市伝説《としでんせつ》」

「いつも会う人? そんな人、いっぱいいるけど?」

「登校中に、『いつも会う人』に出会うと、道に迷《まよ》ったり、幻覚《げんかく》が見えたりするんだって」

すっと、蓮《れん》の視線《しせん》はくるみに向かった。

「通学路で道に迷うって、やばくない？」

ゲラゲラ笑《わら》う声が、胸《むね》を突《つ》きさす。

「昔、となりの灰島市《はいじまし》の住宅《じゅうたく》で火事があったんだって。ある家の子どもが、学校でみんなに無視《むし》されて、家に引きこもっていたから、逃《に》げおくれて、犠牲《ぎせい》になったらしいよ」

「キャーッ！」

いつのまにか、クラスのみんながその話を聞いていた。小さな悲鳴をあげたり、口をおおったり、腕《うで》をさすったりする子もいる。

「その子の霊《れい》にとりつかれた人が、『いつも会う人』って言われるようになったんだって」

「くるみ、その話、どこで聞いてきたの？」

「塾《じゅく》の子からだよ。灰島小学校《はいじましょうがっこう》では、すごいうわさになってたんだって」

「なら、うちらには関係《かんけい》ないか」

「ところが最近《さいきん》、幻覚《げんかく》を見てた子が見なくなったんだって。もしかしたら、『いつも会う人』は、いなくなったんじゃないかって」

「どういうこと？　どこかに行ったの？」

どこかに行った？　どこかに行ったの？なぜか、蓮《れん》の耳にその言葉が引っかかった。

「引《ひ》っ越《こ》したのかもね。どうする？　こっちに来たら」

いや、もう来ているんじゃないか。そいつと会っているから、おかしなことがおこるんじゃないか。

「だれか、わかんないんでしょ？」

「そう、でも、火事で死んだ子の特徴《とくちょう》は、耳たぶにほくろが三つ並《なら》んでることらしいよ。『いつも会う人』にも、ほくろが三つあるかもしれないって」

「大人か子どもか、どっちなんだろうね。でも、登校中に会う人の、耳たぶなんて見えないよね」

「そうだよー。わかんないよ」

みんながわんわん言うのをおさえるように、くるみが言った。

「この都市伝説《としでんせつ》には続《つづ》きがあって、無視《むし》された子の霊《れい》だから、『いつも会う人』にちゃんとあいさつさえすれば、幻覚《げんかく》は見ないらしいよ」

「なんだ、かんたんじゃん。わたしちゃんと、登校中はあいさつしてるから、大丈夫《だいじょうぶ》だ」

「わたしも平気だ。でも、都市伝説《としでんせつ》なんて、わたし信《しん》じないなー」

都市伝説だろうが、蓮《れん》は信じる。

蓮は毎朝、『いつも会う人』に会っている。だから、おかしなことがおこるのだ。しかも、登校中に出会う人にあいさつなんて、したことはない。

けど、おかげでひと安心だ。対策《たいさく》があったとは。

それにしても、登校中に会う人はたくさんいる。

マンションの管理人《かんりにん》さん。みどり幼稚園《ようちえん》の先生。青果店《せいかてん》のおばさんとおじさん。会社員に高校生に、犬の散歩《さんぽ》のおじさんに……。

毎朝、会っている人のことなど、気にしたこともなかったけど、改《あらた》めて思いだすと、けっこう、いろんな人に会っている。とにかく、片《かた》っぱしからあいさつしていけば、幻覚《げんかく》を見ることも、道に迷《まよ》うこともないのだろう。

翌日《よくじつ》、すぐに実行した。

まず、朝一番に会う、マンションの管理人《かんりにん》さん。蓮《れん》が勢《いきお》いよくあいさつすると、管理人さんはびっくりしたように、

「おはようございます。いってらっしゃい」

とていねいに、送りだしてくれた。

しみず青果店《せいかてん》のおばさんも、突然《とつぜん》の蓮のあいさつに、とまどった

ように、「お、お、はよう」と返してきた。

その先も、すれちがう人、全員にあいさつをした。

ところが――。

蓮《れん》はひとり、スーパーの前にいた。知らないおばさんが声をかけてくれるまで気づかなかった。

うしろにいるはずの班《はん》のやつらはいなかった。アリサがみんなをつれていったのだろう。蓮に声もかけずに。いや、もしかしたら声をかけてくれても、気づかなかったのかもしれない。

泣《な》きべそをかきながら、学校に走った。

なぜこんなことになったのか。会う人すべてに、あいさつしたはずなのに。『いつも会う人』は、いったい、だれなんだ。

その晩《ばん》、蓮《れん》はベッドの中から、うす暗い天井《てんじょう》を見あげた。

春休み前までは、登校中にこんなことはおきなかった。

くるみから聞いた都市伝説《としでんせつ》を思いだす。

灰島小学校《はいじましょうがっこう》でうわさになっていて、引《ひ》っ越《こ》したのかも。

ということは……。

あの日。たしか、エレベーターに乗り合わせた蓮は、アリサとお母さんの会話を聞いた。

――わたし、転校したくなかったのにな。

――アリサ、何度も言ってるけど、毎日、電車でかようのは大変《たいへん》よ。

――駅三つくらい、どうってことないのに。

聞き流していたけど、すごく重大な意味があったのだ。

駅三つくらいということは、となりの市、灰島市《はいじまし》ではないか。

思い返せば、アリサが学校を休んだ日は、なにもおきなかった。

蓮《れん》は確信《かくしん》した。こうなっては、確《たし》かめるしかない。けど、どうやって？　アリサの耳たぶのほくろを見るなんてできるだろうか。

翌朝《よくあさ》、エントランスで、目が合った。

自動ドアが開いたとき、強い風が吹《ふ》きこんで、アリサの長い髪《かみ》をゆらした。

耳たぶには、ほくろが三つ並《なら》んでいた。

生き物がかり

六月の終わり、田島《たじま》くんは、教室にインコを持ってきた。おばあちゃんちのマンションに引《ひ》っ越《こ》すので、飼《か》えなくなったから、だれかに引きとってもらいたいそうだ。

「ピーコだから」

田島くんは、今までどおり、そう呼《よ》んでもらうように言った。

家族と相談《そうだん》してきた子たちがじゃんけんをして、ピーコは林《はやし》くんちに引きとられることになった。

林くんのお母さんの都合《つごう》で、明日、ピーコをつれて帰るらしい。

たった一日だけど、みんなは教室にいるピーコの鳥かごを、かわるがわるのぞきこんだり、声をかけたりして、かわいがった。

放課後《ほうかご》、生き物がかりのわたしと梨々花《りりか》は、かごの下に敷《し》いてある紙をとりかえて、エサと水を入れることになった。

梨々花は、エサやりが終わっても、かごの中に手を突《つ》っこんで、ピーコの頭をさわったり、羽をなでたりしていた。

「早く、大なわの練習に行こうよ」

来月の大なわ大会のために、放課後、校庭で練習しているクラスは多い。わたしたち五年一組も、体育がかりがみんなに練習を呼《よ》びかけている。

「大なわなんて、めんどくさいよね」

梨々花はピーコに話しかけるように言った。

バサババサバサッ。

大きな羽ばたきの音と風にびっくりして、肩《かた》をすくめた。

ピーコが教室を飛《と》んでいる！

信《しん》じられない光景《こうけい》に、目をうたがった。

「萌絵《もえ》ちゃん、早くドアを閉《し》めて！」

梨々花《りりか》のするどい声に、びくっとして、急いで教室のドアを閉《し》めに走る。前もうしろもドアが開きっぱなしだったのだ。

梨々花は窓《まど》にかけ寄《よ》り、開いている窓がないか、すばやくチェックした。

「ああ、よかった。ピーコが逃《に》げたら大変《たいへん》だった」

逃げたら？　もう、かごから逃げているではないか。

「どういうこと？」

「ちょっとさわろうとしたら、かごから飛《と》びだしちゃって。びっくりしたー」

びっくりしたと言うわりに、梨々花にあせっているようすはない。

ピーコは、黒板の上や、棚《たな》の上など、ほこりをまき散《ち》らして飛《と》びまわり、窓《まど》のサッシや時計の上など、あちこちに止まった。

つばめのように、スーッとまっすぐ飛ぶ鳥に見なれているわたしは、こんなにバサバサと飛ぶ鳥が、おそろしくなった。かごの中から出たことのない鳥が、無理《むり》して飛んで力が尽《つ》きてしまったら、どうしよう。止まり木を求《もと》めてさまようピーコの羽が、抜《ぬ》け落ちるのもこわい。

窓に向かって飛んだときは、胸《むね》が押《お》しつぶされそうになった。窓ガラスに気づかない鳥が、ぶつかって脳《のう》しんとうをおこした話を聞いたことがあるからだ。

「先生、呼《よ》んでくる」

「だめだよ、萌絵《もえ》ちゃん。今ドア開けたら外に出ちゃうよ。そうなったら、ピーコの命はないから」

梨々花《りりか》の言葉に、泣《な》きそうになった。ピーコがいなくなったとしても、わたしのせいじゃない。でもきっと、生き物がかりふたりの責任《せきにん》にされる。

むかっとして外を見た。

校庭では、わたしたちのクラスも、大なわの練習を始めようとしていた。体育がかりの涼太《りょうた》とみどりが、なわをまわすかかりだ。

わたしも早く、あの中に入りたい。

「ほら、そっち行ったよ。萌絵《もえ》ちゃん、つかまえて」

「なに言ってんの？　無理《むり》だよ、梨々花《りりか》がつかまえてよ」

鳥なんてさわれない。くちばしもこわいし、ぷくっとしたおなかも気持ち悪い。骨《ほね》のような足に引っかかれたら、絶対痛《ぜったいいた》い。

「ふたりで協力《きょうりょく》しないと、つかまえられないよ」

「梨々花がやったんだから、梨々花がつかまえてよっ」

思いっきりにらみつけたせいか、梨々花は言い返してこなかった。

カチカチカチカチカチカチ……。

密室《みっしつ》に、時計の音が大きくなる。

ピーコは、教室に少しなれたのか、黒板の上の枠《わく》に止まり、羽を休ませていた。

梨々花《りりか》はだれかの机《つくえ》の上に座《すわ》って、ピーコの羽の色と同じようなブルーのスカートからのぞく足をブラブラさせて、ピーコを楽しそうに見ていた。

まるでつかまえる気などなさそうに。

そうか。梨々花は、ピーコをつかまえる気がないのだ。

うっかり逃《に》げたと言うのも、うそだ。わざと逃がしたのだ。

大なわの練習がいやだから。

クラスで、何人か大なわをとべない子がいたけど、みんなどうにかがんばって、今、とべないのは梨々花《りりか》だけだ。練習に行けば、体育がかりにしごかれる。だからこんなことをして、時間かせぎをしたいのだ。

どうしたらいいのだろう。この状況《じょうきょう》を抜《ぬ》けだすには――。

まず、わたしには絶対《ぜったい》につかまえられない。

梨々花はたぶん、大なわの練習が終わるまで、つかまえる気はなさそうだ。

しつこく梨々花《りりか》にお願《ねが》いするのもさけたい。梨々花が主導権《しゅどうけん》をにぎるのはいやだ。

考えた結果《けっか》、わたしにできることは、早く見まわりの先生が来てくれるのを願うだけだった。

「わたしね、いっぱいペットを飼《か》ってるんだ」

あきらめたように、窓《まど》にもたれかかっているわたしに、梨々花はピーコを見あげたまま言った。

「知ってるよ」

だから、「一緒《いっしょ》に生き物がかりをやろう」と、さそわれたのだ。

わたしは気が進まなかったけれど、

「校庭のうさぎ小屋の世話は、ぜんぶわたしがやるから、萌絵《もえ》ちゃんは見てるだけでいいよ」

そう言われて、さそいに乗った。

そういえば、前に梨々花《りりか》の家に遊びに行ったとき、うさぎがいた。

「うさぎ、どうしてる？」

「もういないよ。暑かったみたい」

「ハムスターは？」

「いとこが遊びに来たとき、ほしがったからあげちゃった。けど、お祭り金魚もいたし、インコも文鳥《ぶんちょう》も、カブトムシもいたから」

なつかしむように言うところを見ると、今はぜんぶいないようだ。

動物好《ず》きに悪い人はいないというらしい。わたしも、わたしの両親も、みんな生き物は苦手《にがて》だ。わたしの家族って冷《つめ》たいのかな、と思ったりもするけど、梨々《りり》花《か》みたいに、次々と生き物を飼《か》いかえるのもどうなんだろう。

「今度ね、犬を飼うんだ。そしたら毎日、速攻《そっこう》で家に帰って、散歩《さんぽ》につれていくんだ。萌絵《もえ》ちゃん、見においでよ」

「いや、いい」

わたしは短く答えた。梨々花《りりか》んちには、死んだペットたちの魂《たましい》があちこちにいそうでこわい。

ふいに梨々花は、机《つくえ》からぴょんと飛《と》びおりた。その拍子《ひょうし》に、ピーコがバサバサッと、わたしの頭上を飛んだ。

「ヒャッ」

思わず身をすくめた。

梨々花は笑《わら》いをこらえた顔で、ロッカーの上に止まったピーコに近づいた。

「さあ、そろそろかごに戻《もど》ろうね」

やっと、つかまえる気になったようだ。今ならまだ、大なわの練習に間に合う。

「萌絵《もえ》ちゃん、ピーコに気づかれないように、そっち行って」

梨々花《りりか》が左腕《ひだりうで》を大きくのばした。

つかまえてくれるなら、したがうしかない。そーっと、梨々花の反対側《はんたいがわ》に向かった。

「ほら、今だよ。つかまえて」

「えっ？　なに言ってんの。わたしじゃないでしょ」

「萌絵ちゃんがつかまえるんだよ。両手でそっと包《つつ》みこむんだよ」

うそでしょ、と思ったけれど、ピーコは身動きひとつせず、梨々花を見ている。

そのしゅんかん、わたしは覚悟《かくご》を決めた。

梨々花《りりか》の作戦に、乗るしかない。このチャンスを逃《のが》したら、またいつめぐってくるかわからない。

少しずつ近づく。もうすぐだ、腕《うで》をのばせば届《とど》く。

息を止めて、大きく一歩踏《ふ》みだした――。

気づいたら、両手でピーコを包《つつ》んでいた。

「萌絵《もえ》ちゃん、いいよ。そのままだよ」

梨々花は急いでかごをとりに行った。

わたしは、胸《むね》の前で、お祈《いの》りをするような格好《かっこう》のまま、じっと待った。

ピーコはとてもあったかかった。ふわっとしてやさしくて、全《ぜん》然《ぜん》気持ち悪くなんかない。こわいと思っていたくちばしも、骨《ほね》のような足も、ちっとも痛《いた》くない。小さくて、頼《たよ》りなくふるえていた。

「萌《も》絵《え》ちゃん、かごにすっかり入ってから、手をはなすんだよ」

こくんとうなずき、かごの中でそっと手を広げた。ピーコは、バ

サバサッと羽をゆすって、止まり木に落ち着いた。

「やったー！　萌絵《もえ》ちゃんすごい」

梨々花《りりか》が抱《だ》きついてきた。さっきのピーコのように、あったかくてふわっとしてやさしかった。


ふたりで教室を出た。汗《あせ》だくになった体に、風が通り抜《ぬ》ける。

「萌絵ちゃん、ピーコ、かわいかったでしょ」

梨々花は、わたしがこわがっていたことを知っていたのだ。わたしに生き物のかわいさを教えてくれようとしたのかな。

わざと逃《に》がしたわけじゃなかったのかな。

梨々花《りりか》に聞いてみたい気もしたけど、どっちでもいいかなって思えた。

校庭に出ると、みんなが、「おーい」と手をふって、わたしたちを迎《むか》えてくれた。

体育がかりの涼太《りょうた》が、梨々花をつれだし、特別《とくべつ》レッスンをした。

一、二、一、二とジャンプだけの練習をしてから、わたしたちのところに戻《もど》ってきた。

梨々花《りりか》は挑《いど》むような目で、なわに入るタイミングをつかもうとするけど、なかなかうまくいかない。それでも、何度も何度も、挑戦《ちょうせん》し続《つづ》けた。梨々花の細い足は、なわに打たれて、赤くなっていた。

やっと、するっとなわを越《こ》えた。

「やったー!!」

みんなとびあがって、手をたたいて喜《よろこ》んだ。

梨々花は、今にも泣《な》きそうな、くしゃくしゃな顔をしていた。

そのあとは、ほとんどノーミスで入ってくることができた。

大なわとびは、なわを抜《ぬ》けたら、とんだほうと反対側《はんたいがわ》から、またとんで戻《もど》る。とび続《つづ》けると、なわをはさんだ、きれいな8の字ができる。

無限大《むげんだい》の記号だ。

「萌絵《もえ》ちゃんがピーコをさわれたから、わたしも大なわ、がんばれたんだ」

帰り道、梨々花《りりか》はそう言って、教室で拾ったピーコの羽を、くるくると空に飛《と》ばした。

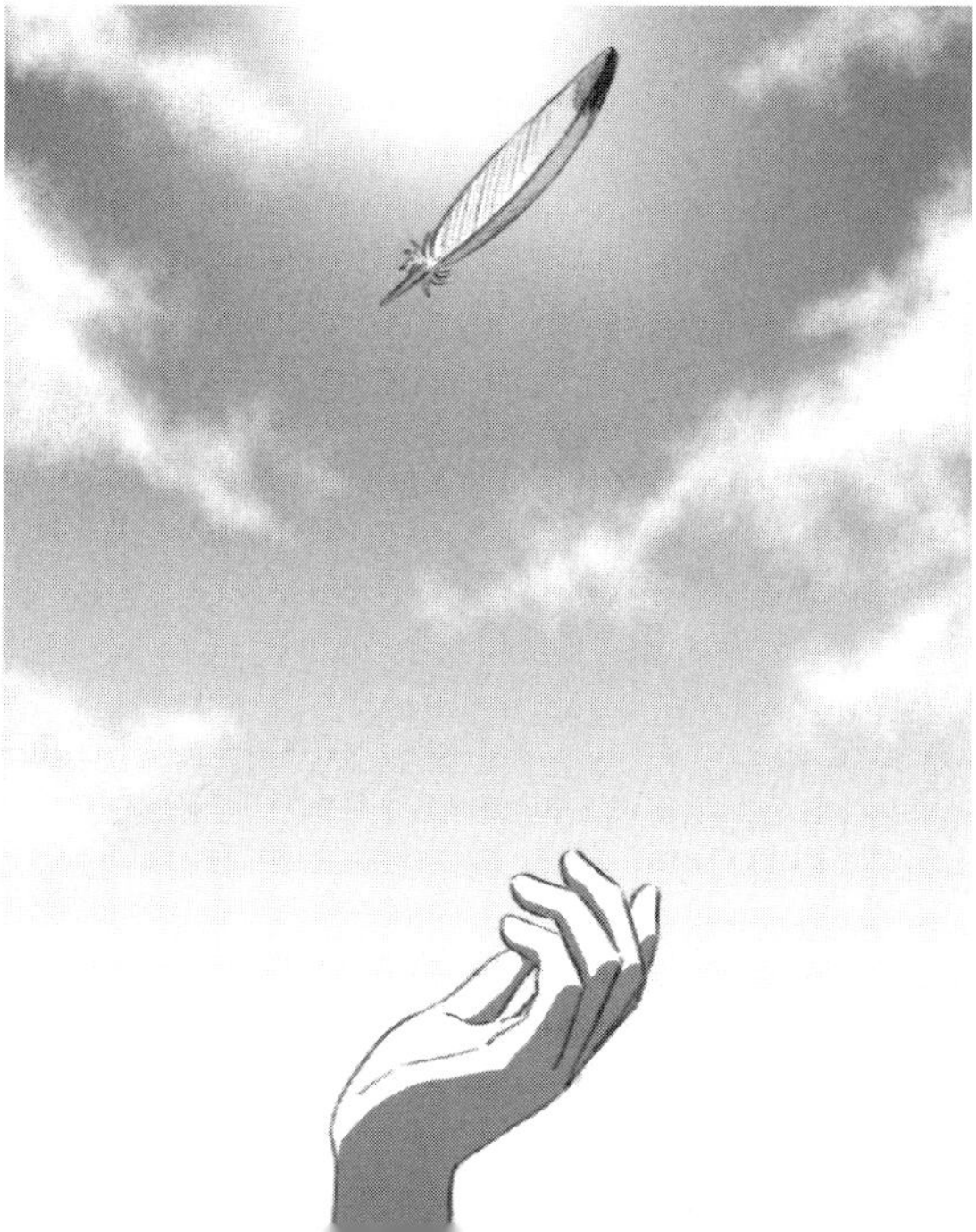

いつも会う人の　ふとちがう顔を見たとき――
通学路には　夕闇《ゆうやみ》がせまっていた
急いで帰ったほうがよさそうだ

作／新井《あらい》 けいこ

東京都に生まれる。日本児童文学者協会会員。

主な作品に、『めっちゃ好きやねん』『リレー選手になりたい』（ともに文研出版）、『しりとりボクシング』（小峰書店）、『となりの正面』（講談社）、『空の手』（偕成社）、『たい焼き総選挙』（あかね書房）など多数ある。

絵／Lico《リコ》

愛知県在住。書店員やシステムエンジニアの勤務を経て、フリーランスのイラストレーターに。教材用イラストやパズル誌のイラストの制作を中心に、漫画背景アシスタントなどにも活躍の場を広げている。1枚でストーリーを感じられるイラストになるよう力を入れて制作している。趣味はゲーム、植物を育てること、民俗学や神話について調べること。単独での作品としては本書がデビュー作。

休み時間で完結　パステル ショートストーリー

Gray《グレイ》

いつも会う人

作者／新井 けいこ
画家／Lico

2024年10月20日　初版1刷発行

発　行　　株式会社 国土社
〒101-0062　東京都千代田区神田駿河台2-5
TEL 03-6272-6125　FAX 03-6272-6126
https://www.kokudosha.co.jp
印刷・製本　モリモト印刷 株式会社

NDC913　144p　19cm　ISBN978-4-337-04140-0　C8393
Printed in Japan